书写动物

秋冬 著

江苏凤凰文艺出版社
JIANGSU PHOENIX LITERATURE AND ART PUBLISHING

图书在版编目（CIP）数据

书写动物 / 孙冬著. —南京：江苏凤凰文艺出版社，2023.7

ISBN 978-7-5594-7747-7

Ⅰ. ①书…　Ⅱ. ①孙…　Ⅲ. ①诗集—中国—当代　Ⅳ. ①I227

中国国家版本馆 CIP 数据核字(2023)第 085269 号

书写动物

孙冬　著

出 版 人	张在健
责任编辑	孙建兵
特约编辑	郭　幸
封面插画	法　明
装帧设计	薛顾璨
责任印制	刘　巍
出版发行	江苏凤凰文艺出版社
	南京市中央路 165 号，邮编：210009
网　　址	http://www.jswenyi.com
印　　刷	江苏凤凰通达印刷有限公司
开　　本	787 毫米×1092 毫米　1/32
印　　张	6.5
字　　数	106 千字
版　　次	2023 年 7 月第 1 版
印　　次	2023 年 7 月第 1 次印刷
书　　号	ISBN 978-7-5594-7747-7
定　　价	56.00 元

作者简介

孙冬

南京财经大学教授、诗人、译者，出版多部专著、译著、编著和诗集。在国内外高质量学术期刊上发表30多篇论文。诗歌散见于国内和美国、加拿大、土耳其、罗马尼亚等国都期刊报纸。曾获得第八届扬子江诗学奖等多种奖项。

插画师简介

法明（阴发明）

1968年出生于哈尔滨，现居北京宋庄，主要从事绘画、雕塑、装置艺术以及新媒体艺术的创作与探索。

新文学语言风景线丛书

序

一次真实不虚的呼吸

冯冬

在当代诗集中，孙冬的《书写动物》有着罕见的紧张氛围，夜行风格，我能感到从诗句出发的向外均匀传递的迫力，一种语言与体验上的“持续低烧”。诗人敏感于外在世界，由此而痛苦，不仅痛苦，更有对痛苦的诡异依恋与病理享受，也即她所言的“残暴的欢愉”。无疑地，孙冬诗作承担着苦涩之名，临界于难以启齿之物，时间中无以安顿之物。因种种外力作用，“我”陷入沉沦，难以自拔，瓦解成众我，被驱散到物理世界中去，遭遇晦暗而模糊的事物断片，“物质里重新定位”，借用策兰的一句诗。这纯真已失的世界纵然有不忍卒读的一面（其窸窣声类似惨淡的神秘主义），它剥落花样繁多的名目与说辞后，更露出触目惊心的内在景象：一个模仿的共同体，一架自在自为的装置，它由众我推动。实际上，世界之一致性的缺失，或集体性缺失，在孙冬诗里被反复引用并玩味。她想象中的世界，以及她使用的意象，无论在时空还是文化上，都是无法契合的，诗人转而与物赤裸同在，与关系之缺损、死亡之交换同在。在此，一切修补而成的“堂堂正正的自然”都颇为可疑。道之隐退被激进地视为自古以来的权力游戏的面纱，摘下面纱，世界与其说“回返”，不如说“退行”，它正失去边界，杂乱融入，下落不明。庄子的“物化”在孙冬这里获得一个反讽的当代注释，它意味着像动物一样去跟随这世界无休止的信号，被迫去阐释、接受或拒绝它所允诺的东西。

在德里达“我因此而是的动物”的意义上，以书写这个行为，孙冬试图接近动物与人的界限，并坍塌此界限，从而在物理、生理和心理层面上彰显当代人独有的动物性——我们一方面驯服于技术，盲目合作、跟随，另一方面被“自我贬低的教育”，被动地自我规训。我所是的动物跟随喂养的信号，我并不超越此动物。然而，孙冬诗集里无法启明之物，无法被塑造或想象的时刻，我认为尤为珍贵。这是另外一种光，然而它并不直接照亮阅读意识，孙冬的顿悟并不直接引向某种关于自由的更高的知识，它唯独翻耕已有之物深刻的时间错乱，翻挖历史断层里的卑贱物、语言残片。为此，她必须肢解一部分世界，撕裂一部分关系，乃至撕裂语法网格，才能裸露当前人类的未完成状态，也即我们的可感染性、应答性、占领欲、有限环视等等与动物相似的品格。在尼采看来，人是唯一能允诺的动物，他发明了责任，但又处在对诺言和责任的巨大遗忘中；在孙冬这里，人是唯一能读取年代絮乱的动物，因他本质上就是一种时间性动物，置身于深刻的历史幻觉，不断误认自己的历史功能与角色，他既神话般征用时间，也为时间无尽地遗弃，反讽地埋葬。孙冬诗集努力唤醒将我们引向相互遗忘的那些力量，看清它们如何吸引我们当前注意力，同时抹去自身痕迹，于无形中烙印我们的时间性、日常想象力与社会化过程，而我们又如何长期处于被定制，或更诡异地，自我定制的状态，如何被编写，被减缩为“人类生活脚本”。

因此有一种退出象征界的决心，退出左右这世界的神话，即人类一直讲述的关于自己的故事。当身体还在消极游戏，灵魂已主动撤离，这在孙冬诗里表现为我之内的、我所是的那个动物的极度释放，它以忧郁的眼神洞穿世界之网，让这架构如其所是地显现出来。灵魂这头动物已跃然纸上，不可驯服，它环视周边，感知世界的光影进程：“开始有光/然后又没有了/后来又有了这个国家/而时间又没了。”在这短暂的观看中，在这连续的记忆误差里，某个真相被偶然道出，巨大的现实性隐入虚无，而虚无则现身于时间隐没其中的空白。孙冬诗里总有这样的时刻，在注意力被分散打断、重新组织的过程中，在意识的巨大停顿里，某些东西翻滚入思考，某种阻碍被嗅出、打通，某个纸一样薄的防御被穿透，词语之间相互过渡。孙冬在诗里援引或戏仿哲学、神学以及别的诗文本，构造出一个个回声场，让观念和词语相互碰撞，生成矛盾而复杂的图像，这也许更接近微观世界的图像，也接近当代人文的分形延伸。

对一个较弱的灵魂，撕裂是痛苦的，然而强大的灵魂热爱撕裂之物。唯有“大过”周围的一切，驾驭撕裂，一个人才有可能成为诗人，才能转化世界。如黑格尔所言，“精神只有当它在绝对的支离破碎中能保全自身时，才赢得它的真实性。”孙冬诗集将自身敞开于能改变它的外部力量，置身于开裂，从而赢得一次真实不虚的呼吸。

目录

第一辑

当代神话

第二辑 后人类蘑菇

第三辑

女乌鸦

第一辑 当代神话

谈话

I

一种均匀的梦境
我面前的人诱我敞开
话语，看似
随意的沉默扼住
汩汩的流动
水喉戛然而止
空气在正确里停滞

声音注定被消耗
人注定变得均匀
可这次谈话却赖不掉
“其实就是随便说说”
他薄片状的组织权力
和羊齿形的蕨类
让人欲罢不能

下午的起伏本该被瞌睡虫撕咬
宽大的和湿漉漉的一切
本该乱蓬蓬的

好好想想
这样坐下去人会变得透明
饥饿的大蛇开始蠕动，生理被
拿捏在桌子的对面

是我吗？
我嘴里的铁锈犹豫不决地磨着
舌头，沿着平行的谎言，
探索着洞口

你是否？
我是否？
1—10 之间你到底？
我到底？

他指向一个词
真可惜，它的情形不佳，

难道你完全
没有察觉?

天色真晚了
我还没醒来,
戴疯帽子的
兔崽子
他们遗忘得太快

Ⅱ

谈话不一定说话
就像初心也不在焉上
事情发生的时候
什么也没发生
我不知如何讲给你们听

Ⅲ

反正你已经扮演了

自己

何不扮演下去？

Ⅳ

你与绝迹之鸟之间的短暂邂逅

发生在哪一年？

那是很久之外的一个玩笑话

绝迹之鸟，它不在时间的控制之内

我感觉要发疯了，长官

我要去解下头发，

那里还有鸟粪的味道。

Ⅴ

声音如此真实

手脚的质感像

墙壁的质感像

这场谈话穿越真实在头脑里铺开

溪水般温柔地漫过梦境

你是否?

我是否。

你有没有?

我有没有。

当代

这座博物馆
我只相信银杏和蟑螂
这两种最古老的生物

美占领了一个软沙发，在她
退行性的关节炎里，她发现了
神圣之物——交叉感染

比如你不能粉碎一个早已崩溃的人
不能撸平田野的内卷
你只能展示它们
在这座博物馆里

弗兰肯斯坦，当代将超越我们
气流之间的摩擦
像模拟之间的较量

在当代博物馆，只有蟑螂和银杏
为我所憎恨

你的读脑

你的读脑——
密集得像一个植物洞穴
广阔得像上帝之躯

读是看——也是听
听音节到声音的爆破
大地深处在放屁——
听知了的微型电锯——那里整个一个
建筑工地——
听世界持续低烧，它越过
山野进入创伤

大如天空，深比海洋
和狄金森的大脑相提并论的——
读——它的疆域远大于
知识的安居工程——

什么读

分子般速度穿过——

制造了弧线，省略号和破折号——

在大脑中，与其他阅读为敌

阿努比斯

如果有两幅画
我会挑选出更美的一幅
但我会拥有不那么美的一个

如果有两个男人
我会和更好的一个成为朋友
和更差劲的一个成为情人

如果有两本书
我会把经典的一本束之高阁
而去翻阅另外一本

如果世界有好坏，那我情愿委身于
恶趣味的和急需完善的那个，那样也许
也许可以在长着狗头的阿努比斯面前
掏出一个
轻于鸿毛的
心脏

飞蛙

飞蛙们一心研究空气力学，他们缩头、空骨、减轻重量，给心肌注入毒素保持耐力。他们在温水里飞，在瓷釉上飞，在书本里飞，从一个长翅膀的蝌蚪孩子长成了有翅膀的大人蛤蟆。大部分时间他们像时钟一样静止（他们有一块水晶手表和格子办公室），但只要瞄准了食物，他们会突然像一辆折叠自行车抖落出全部的零件，垂直起降

飞蛙们的超感催生超出他们自身能量的渴求，他们渴求纤长的藤蔓，像植物一样钩织一个网络，渴求晦暗的力量向他们敞开。

他们的土名是跳鼠洋名是华莱士蛙，他们的曲率驱动系统使前方空间收缩后方空间膨胀，让现实充血，宫缩，让自我喷射而出，从而承受超过从头到脚 10 倍的加速度重量和反道德定律

只有十分之一的飞蛙能进入加速度轨道而不缺氧而

死，还有二分之一受到月亮的影响跳到历史的反面，
剩下的飞蛙成为这雨林之王

飞蛙们攻坚姿态学，他们缩头、空骨、减轻重量
既要解决冗余度，又要研发副翼，当他们捉到猎物
它们的副乳裂开两口
@媒体有话要说

清明节

它冲进四月的这一天，也向
整体的生活敞开，像一件艺术品
劈开我们的头，放入艺术家的脑袋

我们冲进四月，这一天
向遗忘的偶遇敞开，用死者的幻觉
弥合我们内战似的分裂

四月的生死成交可喜，尽管
墙上挂着化身，真正的幽灵
还在游荡

蜂鸟

蜂鸟的秘密是内爆
震中里小小的头
对于自己毫无畏惧

蜂鸟总让我想到
歇斯底里的心跳
电锯一样的大脑
一个装置的内核
悬停在宇宙深处

一丛尖刺在飞
这个微型豪猪
还没找到从容的节奏
来排除时间的故障

无所不用其极
仍然觉得不够，紧张容易坠落
翅膀透过松弛来稳住自己

有一个深度在我们之前

和我们身后的深渊不同

它更像是焦灼的战争或者

深度错觉的和平

半月

哪面是传说中的外界？
一个吊坠和世界在对弈，在等时性之前
此处只有别人，物只别具一格
此蛮夷才是斯人，烂熟于心的忘川

给我足够时间，流线一定会归来
沿着太阳的光束展开，无差别
无量刑标准，我也会站在最中心、最边缘
身先士卒，翻开
每一块石头，打开法老
装死的坟墓

噪音

打开窗户，请入暴力的反转
不安腿综合征，运输和公路合伙勾兑的劣质睡眠
不知谁的呼吸乱入

得而复失的爱人，即使在噪音中隐婚
到达人生巅峰，一阵雨声又拐向失势的凌晨
时间如钟乳石尖上的水滴，那里略去的几万字
烂尾的脸，语言在数着羊
可没有人会数到语言终结的地方

夜晚的噪音让两件事同时发生：飞升或逃遁
而我在体味它们的眩晕

极昼

写了一夜
全部被系统自动更正成
一个句子———晚上好，不觉迟疑是否
醒在了错误的一面

谜语的清唱听上去像
某司面试真题，一组肢解的圆和角
测试溺水的能力

和夜里撮合的露水惜别之后
你看清了，用遗孀之眼看破了
返回梦醒的台阶

偏执崛起的小我
被戴上大写的花冠
一万种开头被早晨统一缩略

光越是强，早晨的瞳孔越是变小
一条窄缝是黑的倔强

当你老了

你还是穿不过空墙
敲破木鱼，剃光头也不行

你没有了鸡皮疙瘩， 允许子嗣和颈椎
如它所是，你觉得
是时候去去库存：比如拒绝隐喻
可你能拒绝舌苔、脚跟和钱的隐喻？

你说要回忆不要
想象，可你无法自拔，像一个
坏诗人，贿赂大脑皮质
给你一个惊喜

脐间的眼睛，像扔在公共大厅的长椅
上的一个果核，或者旋转木马的按钮
问你，一遍遍

你说，服了，一遍遍
在下服了

怀旧

用水蛭、性和远足治疗躁狂
用足底按摩和文本细读来治疗嫉妒
可是怀旧——这黑暗里发光的侏儒
就连酷寒也不能治愈

组装了又阻止了分离，骗局——
共同体的秘密，如何
言说一个盐柱而不
遗落了缓慢的时间，也不
将它私藏

回忆加速萎缩
将往事缓存成小份的盐水
滴入尘土，而言说
终将交给归于尘土的人们

像一个爆炸物
花费整个梦盯着我
也许可以把它输送到大脑额叶，
寄存在一团
模糊的阴影里，再寻找一些
德语动词来拆解它

它一定偷听了计时器，默默承认它
虚构的紧迫，在我的连续成像之间
滴答作响，一些无法还原的像
给创伤预留了席位，将危险
定格成一个一个画面，
将他们的运动轨迹
隐藏在静好之下

一个炸弹
在深水区滴答滴答，当海豚
的热流涌过，幻觉松弛了
一下，危险就嘶嘶作响。

南京折叠

很难在夹缝里说，再见旧天堂
尽管越来越多的东西用消失来
威胁我们

很难，在折叠面上不相刃相靡
两面都过度表达，却又三缄其口

失事的乌鸦

临危回忆起的竟然是B级片
幻想低预算复活，可
你身下的克里特岛在消失
还没等你的蜡胳膊融化

健忘的山脉，还做着凹陷的动作
一分为亿万的时刻
不知为何山麓遏阻骤然
全无

有才华的油菜花

黄色饱和
天空是赠送的
转弯处，大橘猫猝不及防地
挨了一下

早春还是晚春
油菜花都准时按定位到达，迎接恰好需要
黄色出行的蜜蜂

诗人们写诗像是和土地告解
消受这无边的黄色，这饱和的纯度
不会一朵一朵凋零

南方的雪

棕榈树上

一层薄雪让

沉默的，间隙性发作的黑鸟

愉快地运转不灵

不生活的日子

不生活也好
不可辜负的只是白墙和
蚊子的三个影子
尽管条件反射还有
总想掐死冒烟的烟头
关上风吹开的窗户

不生活，多了时间
多了不出声的朋友，多了反刍着
各种经验，却不作为的文字
任由留白之处
独自衍生自己的僵局

不生活也好
在最妙处可以昏厥
可以野心勃勃
但是不必写诗

飞行

不仅仅是身体表征，
更多难以置信的变化正在加速
无论如何那些婴儿潮，死亡的低音炮
都显得愚蠢

这辆空中越野，在身体之下
慢慢展开，他灰蓝色的四肢
没有眼睑的眼睛搜索着
飘浮的旅行者

所有的思必须在返航前消耗
所有的想最后都痛快地
拉出一条白线

从以往生活里消逝的超新星
制造了我一生的暗物质
在我身旁美若烟火。

笑

笑丢失的一年，即使是疼痛的沦落的假装的笑
也不见踪迹，等候区内， 包浆的雪下了
一个冬天，领取生存金的队伍无比缓慢
刚要排到首位又回到队尾

笑最后的倔强，笑父亲动用了
祖先的关系，还是笑
因为笑场而爆破的注意力

连免费呼吸的空气
明星昂贵的感情破裂，每一款
都在静默里思忖着
笑消失的一年

只能相信有大能之手
相信无限小的猫，也会有一只
无限小的鱼

不要相信人群，带你至此
却又弃之如履

哪怕相信冷阈值
失调的激素水平和忙中出错的日历也好
相信让两个季节同时气喘吁吁的
这个溪流也好

走

行走是分子的冒险
被脚拖曳着的心在悸动中悬着

我还不会走，我的四肢就
摸索着打开身体的边框
放漫漶的脸逃窜，即使
质地和原地还锁定
我为嫌疑人

一种去接壤的感染力触动了你吗
一只飞禽更了解行走
一张空纸更懂得汉字

不过是一个普通的早晨

早晨起来头痛
又是后睡眠和二手亲密的夜晚
无人敢诗意地睁开眼睛

昨天来得突然也不突然
我们震动了一下继续
在茶社喝茶
谈东谈西兴趣不减
但是我们都知道

余生没有足够的时间来写一首
献给死者的歌了

善于折叠并不善于拉长，空间只是
显得广阔，只能说他们都是戏精
只爱擦拭得干净的孩子、艺术和区块链
还有书房里的万古愁

没有月亮的中秋

听到雨却无法抓住雨声的核
隐喻，月亮，实验室里的豚鼠
我们知道它们在那儿

春天，乌江

乌江，一个老妇是旱地的蜉蝣
她因自由地拿起一把葱而永恒
而她举起的葱并
不是她后来切了炒菜的葱

而地方的根系依然把握我的远游
像老屋里的棺材系着田头干活的人
因此你可以埋葬这个村居的过去
何必把自己摆成奇怪形状在
乏味的农业属性里

霸王祠里的霸王可笑地端着
这个没有人祭拜的土庙眼看着
虞姬在次好的地里开花……

女娲

她调匀一个水洼
扯掉尾巴
她的泥浆泵喷射出人的阴影
她将重量抛给他们
把压垮他们的自恋
抛给他们

夜晚，被幽灵抽中了
每个人的声道像一个个密集明灭的黑花瓣
谁需要我们的喉咙和眼睛
需要捧着我们黝黑的心脏
才能入眠?

造人

一夜发酵的爱像肇事逃逸的现场

而片刻发酵的妄想却可以造人

葡萄和时间——

——时间就足够了

如果

葡萄已经灭绝

霜降

没等到草木黄落，蛰虫咸俯
天地就褪色了，雨和昆虫的交流之中
敲定了这军事性的早晨
路怒的帝国终是撞倒了无数辆前车
才赶上了白象似的群山

浴在痰湿的谷底，即使没人听
寒鸦初上，心境竟也湛然下来
期待已久的残局
还在来路之上

名利场

不安的湖面
冰在脚下脆裂，一场欢愉的双方都
误以为释放了压力，月亮横跨桂树的边缘
化身腐败黏稠的夜光藻

那些过度游泳的蝌蚪在
丰霈的雨中孵错了巢穴
一些纤细的震荡来自
斧头上的树木

老城区

80 年代的楼都老了
跌落在醋意里
像车祸中的公共汽车
只差拿起榔头敲自己的窗玻璃
那些野老鼠是忒修斯物色的新器官
他们的厨房竖起耳朵
他们的卧室触感柔软

几次小死之后，咖啡店的酸味更浓了
在面馆和洗发店很抱歉
埋下敬请忽略的头。

烟的奢侈

等暮春点燃一支
香烟，让它一点一点
晕染四野，这么想想也好
四野已合，我们都看得见
血色

谁给这傍晚实施海姆立克急救
倒挂金钟，让它能完整一片儿地
归来
再散去……

立秋在爱丁堡戏剧节看剧

在爱丁堡寂静冷峭的高地
和人群粘在一起吃苏格兰哈吉斯
有些变化，但不是奇妙的变化

即便有好戏上演
石头城堡也终将逐人出门
封闭的空间治愈人类也
不会超过千年

随波逐流的观众
摸着滑腻腻的座位，找到自己的剧
顺着它找到威士忌生啤酒和抽水烟的地方

全球化的义肢让他们走到一起，他们
在立秋傻坐着看剧
然后玩着手机并问候着南极

幕间休息，我感到什么也不能慰藉

一个画了世界地图的监牢
疫情假释期里的世界
有了些变化，但那是
剔除了奇妙的变化

在地铁车站

地铁通风口吹送过来
一个梗，像是忍住不笑的
脸，在熙熙攘攘的人群里
发酵

梅雨

大地的放映员对着雨幕恍惚
往事像水在水里
食草动物的肉是
湿草的味道

外省人的江南

逼迫“江南”现身之后
外省人并没有准备，只得以发为伞
以手为伞，以檐廊为伞
以雨为雨衣

江南的野鸭收拢翅膀，它的羽毛是干燥的
残酷和富裕深蹲在它的腹地，当天明雨停
江南如旧，只有外省人
被动地绿了

2023 元旦

惊坐，回顾了病史
查阅了知乎
又榨干了未卜先知

新年，像是一块浮冰
幻想背负着身体前行
倚在上面的亲吻和砸过来的
鞋子，又要负载刀片一样的
喉咙

体温计都是保守估计，体外化的时间
又回到新的热点，被某个巨大的
建筑物挡住去路的味觉在
我的近似物里
跋涉

最快修复的

打开旧案，渗穴充盈
积液内漏外流

身体各自疲软
但罪恶感最快修复，像废弃的肉类市场
被重新规划成艺术空间

生物位恢复租借，疯宝可以提现
物流潦草缝合，根部被浸泡的 A 座
长出假芽

旅行计划最快恢复，第二次降临的空间
他们筹划着购买钻机，证明
那么远那么近

没有说不完的，就算是围绕着
地球，或者穿越了镜子

最快修复的当然是戏法，以帽子为例

灵魂动物

我的灵魂动物是透明的
呼吸，在透明的纸上，需要

耐心，巨大的耐心，我需要
翻译它的针脚，皴的技法好比
凄厉的哭声

经历那么多颜色，你可敢说，宁可
分叉成为末流，宁可下沉到
次生灾难里

故乡

它从何而来
从午睡后的愕然
还是当代的开合

在漫长的谐音里出入
让联想泛滥到熟稔

故乡
当你说出它的跫音
它就消失不见，当你遗忘那个名字
它又命名了一个，又给予了我们
上升抑或堕落

你的方言如同蒺藜，那里有
我遗传、习得、拒绝和遗忘的
一切恐惧

我们此消彼长，靠着时差

避开相见的尴尬，也许你疲倦了
来自未来的凝视
也许你被砸中了，那闯入之物
突然现身

也许你早已抽离，殷切的是我
在寓言里,等待你的反噬

凝视的谷物

流浪动物向深处走去
他们的专注是透明的

拿我的拿捏不准的心事和秋天的田野
比较，被遣散的亲人

奉命享乐
拍打着秋日的阳光，蓬头垢面地
凝视和分泌，麦秆的焦虑
向深处涌去

无名小区

无名建筑如少年般无心
他们在城市里结绳
有时候也下下跳棋
只是无法配送肯德基

宣告开花需要勇气
漫长的学科分化足以消磨
蓄意的疯狂

无尽夏的扦插，需要局部释放恼怒
否则，紧紧包裹着的花苞只会开出
筋疲力尽的温柔

S3线地铁

堂吉诃德的粉色坐骑在高家冲
江北新桥石籍河双龙刘村吴侯
兰花塘科学城马骡圩之间
来回奔波，把一个时代抛向
另一个再抛回来，洼地被堆满
树木被砍伐，毒日更猛烈地
刺向田野

杂色条纹的烟囱向后逃跑
超载物流向后逃跑
石油储藏罐向后逃跑
堂吉诃德一口标准的美式英语
喊着敌人的名字，上来上来
下去下去

而荒野早将他们纳为荒野，乱来的建筑
错字的标语，和粉色 S 线一道
修成堂堂正正的自然

可城市也早将它纳入城市，暮色中他悄悄
调头，装扮成粉色的
弗洛伊德

我学习离别的技艺

如果我们一起崩溃
会感觉不到彼此的运动

如果一起在破碎里栖身，会不谋而合地
拼凑一个不断线的河流

我学习
离别的技艺，只为只身
破碎

破灭

即使时间这杀人的情夫
也穿不透她防弹的幻觉

像一根毛发里行进的 DNA 队伍
本来十分缓慢，不知什么意外
突然触发，成熟到脱落

突然天晴

很多未了情在梦中
开始分化，新的过去加入进来

天空满脑子是大海
把太阳当作了方向的一片叶子
就想犯一些方向错误

湿地

打开夹江和长江的交汇处
可以看到太阳的软腭
来自外太空的卵形异物
孵化长途跋涉的白鹭和勺嘴鹬

鱼漂里的怒气缠绕在芦苇茎上
像一个概念明明在此却
说不清楚

不如江豚对江岸的肌肉记忆
和沙鸭和水韭对潮汐的掂量
那么明确

底栖动物的摇篮和新坟
长得很好，落满水花和嗓音般
透明的羽毛，禁渔期的网
每个空眼都藏着一条道路
一万种方向

月光和江的内部道路

巨大的底栖动物滑翔过去

他们从每个角度观察过水面

乡愁

和故土的物理隔离
实现了三次跳跃
饮食审美性别
第四次，回归物理的
故土，才敢为
乡愁

成长

略微带有厚度的童年开始，
小茴香感觉的香辛青春
程度控制欠佳
持续一段时间后，皮革靠前，
个体并不突出，微微的干燥熏热

中年在琥珀之中
随后出来的淡薄冷感，
而它的灰色气味中间很少，
偶尔会冒出一丁点的绝望
最后琥珀与皮革都淡下去，
陈酿隐隐地穿插在其中，
发酵杏仁的缓慢死亡

开心果

腰果叫做腰果是因为他老是猫着腰
开心果呢，可能是因为
咬合发育不良
他的牙齿不善于掌握方向
他们总是咬着一个地方不动
然后在最悲惨的时候留出牙床

人们叫他开心果
如果不算他缝合自己的时间，倒是很慵懒的
如果不是开心的话，在星际碰撞之前，开心果已经想要从开心的果壳里逃走，像装甲兵要在装甲车燃烧之前逃走一样

他要逃走，去有水的地方，去高过海平面 1000 英尺的地方，去可以自动充电的地方

他们要躲过松鼠、山火、暴雨、空气中的霉菌
无家可归的树

还有那些自我贬低的教育

比如主人对他说我不是最坏的
工作对他说我不是最辛苦的
家对他说我不是最压抑的

谁会像他一样寻找不开心呢。
躲过了灾难就是为了不开心?
说出来没有人相信
可是开心果自己相信，这就
够了

岩石

我们一起看岩石
你的植物属性让岩石结果
我的动物气味让岩石跳舞
剩余的岩石不是岩石

一把好椅

平衡的轴
需要多个倾斜的表面支撑
即使大地还那么稳定
即使人已经习惯斜睨

涂满乳霜的椅子，尘埃落定的椅子
让人习得性渺小的椅子
抽雪茄的椅子，呵斥
湿漉漉河马在此蹭背的椅子

正确的臀部下面，两条腿
弯曲如狗

怪物猎人

写得太快，遭遇乱码
不仅超速还徒劳而返

文字嵌合体如怪物般尴尬，它还在整形期
思考是否会被翻译家擦破
露出缓慢且清晰的底纹

新月

怎能抓住这些证词?

当新月升起来，四周灌木

向前靠拢，他们看到的一颗

活的心脏

野百合

悬在山崖上的攀岩人
看到过更深的深渊
山愈是害怕
加紧地抱住他们

属性

从音符里长出
又钻进砖混的涡旋

这下午，像弄皱的银箔
我想抚平它又想
长睡不起

哪个固执的吹奏者
决意要在属性里扳回一局

在午后
给这退行性的器物以
弦外之音……

礼物

你给我一个黑色的身体
看不见杠杆，齿轮、
存储空间，也看不见
输入和输出的管道

你要我用它快乐
尝试不同模式来享受它

但我不喜欢，我知道它
为什么让我快乐
这让我很不快乐

写

所以要写啊、异常紧张的爬虫
拿出一副爬虫的样子

憎恨自己很美，
憎恨沉溺在美里
像一个瓶塞沉溺在酒里

找不到最里面
找不到最外面，折叠到最小
憎恨自己装作什么都能找到

还不写，还不拔出自己
飘摇在写的大海之上

在写里，扮演一个傻瓜
或者本来就是一个傻瓜

反正要写，这

疯狂，唯一

至高无上的写

你的EB病毒和我的带状疱疹

——致冯冬

想问候你的EB病毒
空中阁楼还没收拾停当
无用的文献就落了下来

那年我们在煎熬清肝草药
上海路猫空像一场开题
空有一个框架

请念慈姑娘念念你
请须弥喊山，等你我好一些的时候
我们谈谈你的策兰，报社寄来的
邮政汇款单，经常没了着落
又特点麻烦

我们肉体一定会随风而去
我们的诗还很贞洁
它们也会随风而去，但诗毒一定会留下
像多年前的水痘，一直
隐藏在我的脊髓神经

淮河

早就宽恕自己
放走粗粝的沙和大鱼
让河底软泥拥有完整主权

失败的传世手艺只锻造了
城墙裂缝里的树，历史的内幕张开
兔唇，传言散发牙膏小样
半真半假的故居里半素食的
夜半咬着人形动物
粉灯初上

江南都是半黑人
在行走的镜中，无规则现身
说法，光斑给隔夜茶
的一半奖章被谁喝下

像语言一样在身体里说着
不远，不近
不尽意

冬至

比起夏至，不是冷
是更浑然一体，没有茂密的颜色和
光影疑虑，窒息到全紫的声音终于哭出
从胶片的边界出走进入
循环回放的穹幕
不舍昼夜地领取生存的白条子
浑然不知是醒来还是在梦中

冬雨在下行之前都签过保密协议
它们只是倾听，而不去评判
城市的秘密和池塘里的
冻干太阳

空洞

悲剧从来都是空洞的
就像指纹，绵密如何真实
而丢失了它的手指
是诗意的

深似海

在雨天喝茶
在辞职了还莫名其妙待着的办公室
跷起两腿
沾满人类 DNA 的半盒南京
执意漂浮在深似海

雨储存在老式的空调机里
似有一枚不称职的牙齿
不知道如何服从整齐的节奏

抽屉的打开方式仍然在悖论当中
绿植假装蓄势待发
猜它很快就有了替补的主人

撞击

我说的撞击
是字面意义上的撞击

隐喻是前戏，反对和挑衅
外力拉紧对角线，分裂一个
中心，肉感厚实的果实
从身体的裂缝里一出生
就摔个粉碎

虫害

太阳小虫

狡黠善跳，嫩叶纵卷

叠成饺子

蜗牛

每走一步，蜗牛们都停下来
在黑胶上纠错，把开创者的足迹
掩埋在纹路之下

食欲

打开食欲的
无机食物，像塑料兄弟之间
友谊

体表感觉干爽的梅雨季节
河道不断刷新自我
植物在夜里出逃地表

在美食地图上
距离明显的两种口味，都以原地的身份被
人道融合，反复在抵达的途中
被鸡尾酒的黑暗料理
治愈

端午

投入无解无惧无觉的江
就像病理性地投入阅读

投江更加有机吧，从礁石长成的骨骼
鱼油和香脂炼成的皮肤
而今又回到江里

不能说快乐只能说安康
楚辞，在问候语中
被无意识补注

忐忑与松弛，凶险的文本之外
有邪目的余光
正视着水面

自我排练

排练一场群殴
你的真实已成功转嫁

纯真被高估了
宁可相信石灰和面粉搅拌烹炸
的老油条

虚度光阴之后的剩余流量
才真实不虚啊，你回不去的地方有事待办
那也在排练日程中

无法决定

无法决定是因为不想将自己交付
去喧闹的酒吧是为躲避人群
耗损自我是为了避免被人损害
就像我们必须以对一个异乡的依恋
来缓解对故乡的怀念

无法决定是一种温柔的礼遇
幻想决定的暴力有着和暴力一样的情趣
等爱与不爱之间游刃的臂弯
失去锋利的牙齿
决定的烦恼早已被遗忘

也许世界真的够大
时间也足够多
让我们把所有力气，所有
甜蜜，滚成一个圆球
狂猛地夺取我们决定的快感
在无法决定里无法自拔

云

我仔细观察过四方的云朵
爱丁堡的云最沉重黏稠
加州的云最广阔懒散
山间的云彩最多样崎岖
蘑菇云最惊艳罕见

热带雨林可以酿造云
母亲用一院子的湿衣裳试过
白日梦可以创作云
狄金森在阿姆赫斯特试过

多了两朵云而已
只不过天空如洗如何处理
病毒感染后的
云蒸霞蔚呢

我可以放心地去了
也许无人知晓
云还在那里替我打理生活

诗人之死

人的谱系术里
诗人，自以为有望远镜里的
既视感

意象的模块里，恢复最初的命令
被命令禁止，重访意义的回车
以失去意义为价码

先知，又是被输入先知？
言说不忘本然之道的
都必须先验明是真人

中年

彼岸花和石蒜
一个人分成若干名字
老死不相悔改

我还是爬山虎
而我的常青藤已入膏肓

而山的精力也不够了
兴奋时也不过
翘翘石头的屁股

星球们依然忙乱而有序
蹭了热点的拖把
有夕死足矣的感觉

只要还在苦捱
怎能不迷信

你提醒我，春风吹
可以给梨树披花戴孝
算是投降了

可我的拖延症——
滑冰一样向我涌来
像自恋在信仰之逆旅中一样
浑然天成

世俗不可斗量恐惧可以，
恐惧好心地停下来等我
它密集得像一个
植物洞穴

我的理智——一种持续的低烧
在雪花玻璃球一样的世界里旋转
旋转

雪崩也不过如此。

一个字

我在读一个字
他不想说推或者拉
字儿的门虚掩着

偶尔有月亮照耀，被烧到的偏旁
飞也似的逃了

关键是如何不被惩罚地表意
污点证人决意偷渡，藏在一首诗的
后备厢里

在隐喻里扎一个猛子
而不溅起水花，那么准确的字眼只有
裸体了，但睡觉不要写字
看起来会像一具尸体。

孤儿

但是每次离乡都不一样呢
下高速的匝道随季节迁徙
引我驶向不同的家乡

田野里的一棵蓝草进化了自己
蓝色的滋养来自携带自己的决心，来自
不去分辨的爱情

在田野的悬崖
那一抹孤儿蓝总是
和天空接壤。

火

多年之后，失忆的火
悄然回归

老房子伸出自己
游动的卵来不及接触感伤
就崩出干柴

暮霭四合而疏略
每一粒灰烬都灵魂出窍

火一定是想深刻了解
乡愁的极端形态
田野因广阔而饱受的痛苦
在剧烈地得到安慰

我们叫他带伤的治愈者
在野草腰黑处
火舔了一下自己

世界仿佛安静了片刻

仿佛一段

柔顺丝滑的道路

跃然纸上。

雨季之歌

大街小巷，厨房、地下室、电影院、酒吧和按摩房
总有一两滴雨可以穿透建筑的阻力
直入膀胱

雨的视力极差，嗅觉不灵
在喋喋不休的午后也不能和我对话
但是它简单粗暴地一直下着

想象一下那是云彩的洗澡水
不是很浪漫吗

雨天，
洒水车还在洒水
它只是想赶紧结束一天的工作
回到温暖的地下室，吐出汽油味
的晚餐

雨季的物价和河水一起上涨

情绪和气压一样低落
百分之十的人在雨天离婚
经济崩溃十有八九在雨天爆发

雨下个不停，夜晚向雨弯曲的折痕里
有微弱声音，竖起耳朵

宇宙

我不停打一个号码
熟悉的人但不知道是谁
电话从未接起
显示的微信用户为宇宙

我会担心对方，是否死亡
像盖茨比或一盆兜兰
在书架上枯萎

我不停地拨出号码
凶险的急迫透着精明的怯懦
最后沉溺于悔恨

她，我认为是她，如斯夫
是否把我和宇宙的后脑
接通

何方神圣

植物在呱噪，蛇在安眠
如果这是最后一个夏天呢
奇迹还没有出现

就算日月交合，受孕着床的也不过是
世俗的异物

有甚多解释，所谓爱情
是其中之一。

重读白鲸

叫我以实马利
陆地泗水的一只伶仃兽
我手持一杯星巴克出海
我点燃液化的鲨鱼骨上路
破旧的罗盘黾勉从事，可
剩余的里程仍不知归途

跛足，妄想叉住运气，玄学的，所谓神性的
就在于这本质的白色，为此，诗人
是索要一个不负责任的
台风预报吗？ 还是十一月不合时宜的
沉思？ 逃避之物在前方，避险，它学会
辨识自我解释的精神痼疾

叫我任何名字，以实马利

没下的雪

雪退还给冬天吧
开车去，坐地铁很远
一旦打开，就要耗尽有效期才可以
开始春天

乌云一闪而过，预付的
爱情忘也忽焉，知名城市的鼻子
是干凉的

雪霁的早晨

太阳疲软的边儿耷拉着

窍穴已满，万物不能

契合

倦鸟

从我返乡以来，狗多了起来
狗吠过后，母亲也归来了
挽着倒悬的拖把

大凶和大吉

一朵白花
在牛的脑门上，族长说大凶
妈妈说大吉

弟弟头顶着三个发旋出生
祖父说大凶
妈妈说大吉

荨麻的刺果爬满杉墙
婆婆说大凶
妈妈说大吉

到了年尾
要宰杀的猪走丢了，爸爸说大凶
妈妈翻了翻白眼
那还不是大吉？

内心的雪

虚室生白，从触发到加剧
白到不可收拾

那是心地上才开始挂起的
一层薄薄的雪，虚到和万物
还不能契合

干枯的瀑布

和绿色一样蓝的白色
跃下冬的捷径，
大地飞溅的窘迫
将在春天返回

秋日空茫，寻隐者兜个圈子
绕道镜子后面，那里没有什么
没有碣石，连一条线也没有
更没有消失的瀑布

瀑布凿下的片刻山景越看越薄
通往过去的链接也在失效
向着未被覆盖的自然
撤退的方向

山的腹肌处
灌木掩埋着可疑的根落
无能却敏感的石头
吐出绵密的泡沫

河流

一艘无声的
椭圆落回时间的一个
轴心

不远处
透明的大液体被放在沉默之上，
剪裁有型地曲折着
分离的焦灼驱使它加快
脚步

一些头绪和残骸
留在深处，眼睛
需要放置在目力不及处
才能看到一段段虚拟的
岸边

和你对抗着的大气体
倾倒在你身上的

大物体——比制造它们的生物热能
更加持久

看，那散波之处
有小鲜肉浮动，
一大群
尖锐，美丽，有盔甲的野兽
全是你名字

到处弥漫。

菩提树

巴别塔不是一座塔
风波亭不是一座亭
如果没有禅意也没理由阻止
一个流血的比喻

荇菜

（龙胆科，也叫荞菜、接余、凫葵、水镜草、余莲儿，原产中国）

荇菜参差，月光流之，
一只菜鸟被欲火揉得舒坦
一座桥临水睥睨
水蜘蛛摊开一簇水印

月光生出的绿色蘑菇，在
圆月的共鸣器里发出黄色的叫声
一声比一声高于回忆

荇菜参差，月光流之
那勾连和分割着的乐府，在水镜里
被掬起来，放下

陈家铺印象

群峰笃定
即使平铺开太阳的边界
也要守住光
小心它掷出
孤独的不时之需。

有陌生人一步一个字的
攀爬，吐故纳新
砍杀三百神兽
修三座神殿，才抵达
阴阳子午线，他的汗珠和
鱼鳞雨一起滚在
青瓦房上

平阳秘境，我马玄黄
端午茶因此绿得深沉，是谁轻轻放
一个广口瓶

在陈家铺的荒野之上。

反对睡眠

光斑沁润着夜的肌体
万物交换容器
柱状神经瘫倒在枕头上

第一次
我的时间和你的回到同步，肉身飘落
实况被广播在宇宙之外

但，当我摸到枕边的电子微光
你抽身而退，沉寂了一夜的白天
此刻正透过指尖
喷射而来。

夜宿太湖读诗

唱太湖美的女孩生于太初
太海太地系统太崩溃
太湖的混沌里诞生的太鱼
在网游里张开太嘴

在花山我们太息
长太息以掩耳盗铃，病人太夫
都放下手机，自我在太像之中安好
读太诗，喝太酒
翻译枇杷花开，像梦游一样置换
语境

在花山我们听太清
看花眼睛
二十年如一日
而过。

声音

在人群中，他听见自己说
继续走，上行
下沉的都是噪音

临危受命，雪掩埋了现场
料理了热点地带，雪豹在城市里游荡了
两天，雪霁，他将再次消失
密码和足迹也最终失效

如此释放的空间总被黑色反超
原来雪豹从来都不是中立的

浪荡子守夜人和漫游者

街边的店面越来越少
像是几个旧资本时代的标本
一个浪荡子没什么可看
他身上甚至没有小钱
连乞丐也不知所终

一个漫游者在云里
他从不歇息，协警将悬日提速
助其抵达

在曙光广场，
我们聊着一天的突发事件
无感，气泵上的守夜人
被莫名鼓舞

是无尽的浪荡掏空了你
是守夜兴奋了他
还是我们被漫游者盗取了身份

每一个拐角都不是节点

怎么办，

那些携信号潜逃者在

导航里搁浅

连智能马桶的风暴

也控制在精确的时间

还在大量人类生活脚本里

拾荒的浪荡子你们在过去里

进入曙光吧

荒原要洗洗睡了

明天太阳照常上班。

菜鸟来信

我有 24 小时未取的新年
大批滞留的贺年短信
等待销许

断舍离，从素材库里调取的嗓音可以走
顶替了 50 年的人格可以留

欲海无边，却周期性干涸
我本和时间催眠一样地慢跑
现在要像坚果一样地破壁，用力和
姻缘需要精确到秒

以虚拟的老牌星星命名的电影
我还有更正星历表的剩余流量吗?
50 次安魂之后，是否停止自我代入
烂尾的奇幻旅程

节日的剂量加大了，头条新闻更加艺术

可吞服和脖子后仰的你怎么解释

眼睛和耳朵里伸出的胡须

和在朋友圈晒的

喝酒的朋友

越是年长
脸的阻隔性能越是增强

尝试过各种消磨意志的游戏
他们的脸述说着

脱水蔬菜大面积种植成功
老猫头鹰入住宽松套头的
霉味当中

几张脸，几桩心事
几个饭局都在寻找各自的
逃逸路线，中间有一座庙宇
一个多边形在收紧

冬日忆故人

在你有生之时
也会骤得一夜暖
归为死档的嗓音响起
对他们自己来说，他们
从来没有丢失

想象一种可能性，死骑士的投递
打字速度决定我们的收信日期
有人已经成为泡影
而那时你还在原地
喂养自己的灵魂动物一边
靠眼见为实的学问生存

炸毁城市建筑，你才能听到物哀
六朝烟水和盐水鸭的前世，可晨读的
路灯永远读不完城市的白日
你给它描绘虚构的太阳

当你开始手把手地教人拾掇
不停繁殖的世界，分类鸡鸭和酒瓶的遗体
那封信终是寄走了自己
在骤然变温的冬日
留下只有风景的底色，在
旧照片里

坏河

一条河努力取悦着阳光
高个儿孩子一样耀眼和尴尬
暂时没有合适的伙伴
绿头鸭们给它戴上一顶顶帽子

晚安！　祝贺祝贺！　朋友们
你们的倒影处理完毕！
它向岸上喊着，绿头鸭也跟着叫
晚安！　节哀顺变！　朋友们！
你们的倒影处理完毕！

迷失的村庄

在运河入口
我那么习惯性地用手指一滑
删掉了一个个村庄的消息
高岱马坑上辇沙埠叶讴韶茅畲
删掉了惠止智拙静茹大师

我绝不会寻访山野
绝不会做精神分析
把他们从黑洞洞的童年
召唤回来

铜铜召唤深潭如同
鸬鹚召唤一摆
渡船的切片

运河里的老鼠

猫头鹰在黄昏飞走了，只有老鼠
鼓动螺旋桨的老鼠
在河道狭窄处挖矿的老鼠
操作放射钴的老鼠
偶尔抬头看星中
昏迷的月亮，他们希望它发问
希望它“拍一拍”自己
也希望它继续沉睡

硝

在运河航行
一半时间处于绝境而搁浅
一半在顺水推舟，听
风推送着泡沫，可失败真的可以让人
品出海的味道吗？

在灵石寺造船失败

信奉五斗米道失败，起义失败
共和失败，复辟失败
失败总是有惊无险
从空而至的石头，被从地下升出的硝
刻上粼粼的光斑

那些硝再也控制不住它的贪婪
让新皮硬实又让老皮柔软
让黄铜变成青铜
让人骨变成灵骨，让灵骨塔
又变成了瓦
熵的疯狂
潜伏在风暴之间某个
温暖的朝代

旧案

石头从空而降
没成熟的麦穗在田野
疯狂地溃逃，苍黄和仓皇
都在高清的时空录影当中

被记录在案

每当有人过台州

过临海

过天台

过灵山

过黄岩

过牌楼，过家园，过坟冢，过寺庙

往事都会榨取一次我们的证词

我们理屈词穷，在自己的硬盘里

寻找密钥，或者我们可以定制自己的

阅读偏好

在豆瓣的年度总结表里

拎出经纬

定位

天台隔三江

风浪无晨暮，氤氲之中

万年寺和明招寺制造了

沧海和桑田

简陋而粗放的霓虹灯制造了
行星间的真空
雾霾之夜
谁又能抗拒这真空的温暖呢
嘶吼之后，万物有了
生机的幻觉

人到中途，靠什么来确定自己
比如确定岛屿要看形状
确定鸟要看爪子
确定植物要看花朵
确定纸要看它包住的火

骑楼和廊桥

九里石塘，河汊内卷
淤积成田，枕水而卧的桥化作
枕边风，鱼群化成
肉中刺

上了年纪的人爱说

从前慢，可年纪更大的会说
流水急，死亡更是
急不可待，它握着山，握着
骑楼和廊桥，你只能抢回来
一些异梦和遗梦

山鬼和瘟疫

台州鬼，扬州鹤
风吹芦苇，多年没有正常运转的
冬天，没有正常出没的山鬼
空余一串运动图像，和他们曾拿起的
石头，树叶，猴子一同建造
就像人在地理上建造的生活，
老年公园
反复投出的鱼竿
陷入时间的边缘
海瑞脚下跌倒的麻将
都在丛林道场和无数平行的
小宇宙里，翻译古代哲学
享受着亚快乐时光

直到这些小宇宙的病毒
把它们重新贴在
地图上，传播到人们
嘴边，推送到社交媒体的
头条，阴山的地质沉积物
如果没有山鬼
就像是阴山的历史故事
没有了瘟疫

红灯

现在是……

交通灯思考了一下说

红灯

节奏，人流，路况

注意力，心情，体征，运气

不可恢复地割裂了

时间

现在是红灯

小人在奔跑，他的关节发出巨大的响声

方向盘上转动的佛珠，收音机里的尬笑

而有人想到的是消失，在变换绿灯之前

红灯停是因为绿灯行
反之亦然，红灯停是因为我们接受了
失去，或者不想与象征为敌，

现在是……
在机器迟疑的片刻，红灯先亮了
它又在分裂里割下一小片时间
语言毕竟是滞后的

月夜

黑毛竹来来去去
谈着郑板桥，他们不会回头
否则会看到自己的影子

从井里提回来的水桶
失衡地撒着，土地家节俭的
主妇，除了人和动物的骨头
什么也不剩下

月夜穿着睡衣和未熨平的脸
像一只被虐的猫
无可指责，充满
神圣的感觉。

中秋在日本镰仓

在中秋
弓矢如瀑流

受命于危难之时的寂静
落在禅院的
榻榻米上。

夏夜

一棵一百岁的树和
一辆卡车在私奔
空气真是糟糕，
一连气地喷嚏使
松脂都流了下来

恰好
它去往的地方人们都是脸盲
辨认不清松树和柏树
水杉和云杉

两省交界处的人们
有各自的心塞
不同样的物质相互渗透，在收费处
卡车吐出 50 元现钞，松脂又流了下来
芳香差点出卖了
自己。

失眠

到处是随机冒出来的时辰
我炮制和取消羊，抛出和
收回一个线团

眠的意图坚挺着，在咫尺之外
春色如许，每一个能想起来的人
都加入了未竟的笑话

沙溪的星空

有福报的溪水
和昨天一样，三面不透
留下一面之缘

早产，晚熟，中年烂场
我已厌倦诲人不倦，负责输出的
小黑屋亮了，果然空空
如也，沙溪和天空交迭的桥上
我们默认和接管了
银河，双子，大熊星座
只是内心接不住一声
喟叹

到了 10 点一刻
感觉到有了流星
从后背上闪过
不速之客，不必招呼

继续接收信号，空间站的垃圾，
与时间流逝的晶体
昨夜，篝火之上金星掩月
像那一日路过母校旧址
称作嫦娥的老师，说有考试临近
童年的噩梦总是挥之不去

沙溪的夜空在上升
星星在下坠，在凸透镜的
毛玻璃里逸出
悬崖上长出的一勺
北斗，深入溪边，去探测
未来的含量。

一个装置

在一个角落
“受伤的沙堆”构成了
一种关注，分叉为两种
“新现在”

同时巨大而微型
与周围的紧张局势让
他们占据了
非介入性沉思的空间
类似疯狂或者禅修
它们不承诺养眼，那些奇怪的装置
他们展示构成，分解和
无解，他们自己并不愤怒
反而，宁静在暗中推你一把
从你的黑洞
从眼睛里流出来
离开脸，帮整个身体从嘴

那里出逃

成为你的受伤

和新的现在。

那位著名的

江南诗并没有
引我去某州某海的某个湿地
它们还在上世纪佳人的戏词里
鸟类繁衍的实况不过是季节性的回放，雨季的装置上
天使，两脚抓着曲柄把手的轴条
在马上断供的瀑布边缘鸣啭

诗意急切的出场让人尴尬（诗人还没找到打开抒情的
正确方式）
词如水墨冰凉，开始都是随意地泼溅
误以为是神来之笔，可
触底之后发出的尾音，也许能暴露
医学影像无法呈现的遗传病史
如仿古建筑，做旧青瓦上刻着才子的
“仁”和女子的“敬”

他说：永恒的诗句引导人类反超
永恒的女性为他诞下一岁的男婴

浴帽颂

经过持续的高温水疗
闲置物品和非典型性人类
都基本可愈
甚至可爱

第二辑

后人类蘑菇

菌群

行走的细菌潜伏古老的城池之下
在每个松懈而潮湿的时刻
蒸成孢子，发育成让人鼻塞、发热
飘飘欲仙的蘑菇

危险的念珠携带者，在死者嘴中
绽放，太古宙的细菌战，冷酷仙境的嗜热链
充满了活人的肺泡

一定有什么寻机上瘾，肮脏地消炎和
净化，追求越写越兴奋的罪恶，一定会
因循进化的路线，从消灭宿主到
控制宿主

譬如麦角菌和裸盖菇菌，会告诉大脑如何想
和感受，告诉身体如何吃掉自己
而不死掉

行走的细菌潜伏古老的生物之内

等待一个值，一个突变

一个漏洞

谍

安卓系统里总
有一个人

他游手好闲，负责
传导神的旨意，他的第一人称
叙述者杀死宿主
还把它制造成一场
意外更新

进化

画布上的男孩

经历易手，盗窃，火灾，修复

剽窃，流拍，自杀，波普

在遗忘中深造的笔触

一点点长大，一点点迭代

自己和画布上的酢浆草

恐龙的遗产

又是突然沦陷
你打败了最高的怪兽
进入最低的段位
你的烂摊子从身后
跑到了你的前头

我更喜欢你的后面
不记恩情，不劳心清淤疏浚，
不辞不整的美人，不患堕落的
后生

现在转移的是你的
孵化期，一共
十三万年整

亡羊补牢

还来得及吗
哭泣的阿尔法男人
阿尔法公司，阿尔法人类啊， 一万米之下的犁，
一定无限地犁着他们的肌理

那些春天啊，秋天都
泛化成无边的内在，沉眠在尘世的年纪
和生物皮屑，他不再愤怒地
说出自己的罪状

老虎之歌

史前猎手，爪子扎入焦土
烟和煤灰的眼球转动
它停下听，一只鸟的记忆
在石化

周身通明，是幸存的磁场
仿佛毁灭，只是短暂地搁置一旁。
曾经辉煌的废墟也重现灵光。

老虎，老虎，
在碎石中穿梭，是谁叹他可怕的对称
追随他的光，在无人的
世界中导航

火星童年

在地球上陌生地方
火蜻蜓起舞，在我的窗外，让我想起
火星童年

苍茫中
母细胞的温情，无相，无性
介于水和冰之间的
万种状态

对于这个地球越来越多的壁垒
我只能报以一笑
曾经有一个叫庄周的一觉醒来
不知道自己是火星上的蝴蝶还是
地球上的人

人类童年一定是在火星度过
将这极寒的星球命名。 火星的孩子
自何时不堪寂寞

在地球上的这个陌生角落，童年的记忆
突然惊醒

有两三星火
是火蜻蜓的碎片
扑簌着落在我的脸上

地衣

天空消失在黑暗还是巨光之中?
还会稠密地分享多汁的大地
给慢慢适应的眼睛吗?

神，这万物之物
被刺中心脏而
他还在跳舞，死去
却能呼吸吗?

天空消失之后，未被设定的植物将为
黝黑而痛苦的人订制怎样的皮肤
山峦还没有四肢，它们的头脑
随形而就

成佛

菩提真无数
默念 1 和 0 的咒语
传送开始，准备好
打通碳和硅

释道绵远，容器冰冷
但我已经准备好被抽出来
放进去

梅雨季

这次收尸的是两只蚂蚁大军
他们在啃食巨龙的半边壳儿

壁虎蝙蝠梵葨芭蕉头发
毛竹水葫芦铜钱草都不停地长
蜀葵都要通天

看来没事，急躁的食腐动物
吃掉一只老鼠，他立刻
想象生物位的真空
和疯狂的填补

遗产

我们的在场终将被交由它们的
出场，还记得上一次
上帝说（对属下的妒嫉）亚当也要和我们一样了

它们将接管细菌和虚假的时间吗?
以我们无法预见的速度发挥
以超物的形态来继承
我们的肉体吗?

我依然会经受某种消逝吗?
在已经结束的时间里感受着
贫乏，就像是写作者只有摆脱了元语言
才能开始写作，我的上传指望着
被否定的一面存于未来世的
超强大脑之上，为此
我仍要徒劳地发出信号

祈祷词

我们同框
卷入彼此，互为神圣的
手指，增生出的鼠尾也许
造就了意外的神话

从手机里掏出病理报告
月亮表面俨然是急救室，
云和各种界面

被末日砸中之后，我们依然同框
我们巨大的体量缩小为
万分之一，但是我们同框，
和你定制的锦鲤
同框，我们这一团
在画面的边缘游荡，你的恩泽
飘忽不定

怎么来称呼你

可以要求你照顾好世界
登入购物车结算
收听祈祷词，种植
蚂蚁森林，关注流行病
和冰川的断裂

我们不能称呼你，平面上
无痕的设计者

我们同框
阿门。

十日谈

第一天

节日，这世俗流出的汗水
多得超出想象，增强术化妆教锻炼教科学教诗歌教
死灰里复燃，决意将烘焙祭品包装精良

可是无边界可跨
艺术不得不质朴化，反复去质朴化
重建脉络又扰乱脉象
将自毁设为倒计时模式

第二天

一块背负家乡的冰
经历颠沛和流离
最终在沙漠里找到了自己的墓穴

那么一块巨大的冰川
缩小成热锅上的蚂蚁，还吸毒过量
她的灵魂都流淌了出来

在消失的刹那，他做了一个奇怪的手势
向着乡关何处的方向

第三天

带着死亡漂泊
散落在四处的微粒还在相互寻找
在联姻的瘟疫之后，残存的引力还在
发出微弱的信号，黑洞边界的一丝光亮
愿与子化为泡影

第四天

地籁轰鸣
水和泥土在酷热中会重新生成鱼吗？

鱼类裂开，会重新走出男人和女人？

第五天

有时我希望世界只是被惊吓了，被从当下移走了
一个部分。它还可以继续下去，饥饿地
哥特地

第六天

我的黑鳞片， 我知道
它们很难消化，上面凝结的时间
稠似一碗秋葵鱼汤

第七天

寒武纪隔空投送的梦
让我们平静了一个冬天

第八天

暖冬，人们在租来的花期里变得反常
犯罪的历程就像一场冥想，有两股力量
相互惧怕，但它们都百分百知晓
恐惧带来的欢愉

第九天

去找无用而啰嗦的上帝未得
在创面上沾着高能吹过的
一些性命

第十天

并不是第十天，失去了计数的机器
集体放了人类的
鸽子，几乎是出于一种
极端的责任

黑鸟

黑鸟
像从简易的墓阙里
拔出来的钉子
叨扰活人的声音
就那么一下

十年，心慌慌没有梦
被埋葬的人像素太低怨气
也没能汇聚成一句话

你们中间有谁没有被来历不明的人
劫持过的，可以签上自己的名字了

你们当中敲响丧钟的一定是
为后人哀鸣的

天空说我爱稀疏的人类
在田间地头山坳
他们孤立而充实

后世：岩壁上的动物

岩壁脱落，或者打雷
一些动物会跑出来

断壁和悬崖是羚羊的起征点
开始是羚羊，后来可能是狮子
当日光疏于打扫
更小的生物，开始哗哗流动起来

“还可以死，岩壁
这是多么慈悲的事情，即使是一个模糊的
图案被抹去，又多么可笑，人影还
试图越过鸟音

每当雨殖民了更大的保护区
略有象形的声音里
恍惚有狂奔，也有动物被踩踏。

欢迎报考野鸡的大学

一到季节
科罗娜公园的红翅黑鹂
就开始向我推荐
芦苇大学，她背上背着
两朵刚刚赢得的小红花

松鼠把书本埋在树下
不放心又挖出来，手捧着又看不下
像极了一年级学生

欢迎报考野鸡大学
野鸭，野天鹅，野百合，野山椒
谁还会去教室学习，去床上睡觉
在沙发上看电视，口授总显得太慢
唾饮才最解惑

一对一
一对无限

没有知识癖和历史脑

没有囤积数字填充太阳穴的书单

大地表格里只有昆虫

在对愁而眠

欢迎报考野鸡大学

野猪，野风，野心和野春天

第三辑 女乌鸦

玫瑰之名

我要和一个重要小丑
道别，进入
无线电静默的山谷

脱开习惯咬合的时间，就像香味出走
玫瑰

就算散落无状，叫玫瑰的名字
也无法回答

嫦娥

飞行是默认模式
但她坚持步行，跛行，爬行
她抖落一掬世人的眼睛
也无暇与自己周旋

应错尽错吧，大地
和腐肉都无可挑剔

宁可承认记忆造假， 宁可放弃
手臂的飞行记忆，宁可退出
原型神话

她爱日常的荒芜胜过
爱九霄的玉宇

给雾霾写一首诗

这个城市又名百鸟不宿
这个城市分布着鸟的家族
雾霾里，一个女孩在抽烟，
才华苦挨一会儿就会消散
即使这样，在游荡的午夜
他仍不肯拿无聊之物和我的
宝贝交换。

无器官

请拆除身体的插件，来加入
云彩在天空繁殖
一只母鹤
在导读

橡子教堂

棕色的橡子是一座千年的教堂
撷取者被温柔接纳，缓慢地
受苦，变咸，锥形行走于
大地之上

父亲

他找不到钥匙
茫然地坐在不知道开始还是结束的地方
像羊愤怒地啃着一丛毛杜鹃一样说话

触摸他的手掌，可以感受到细微的震动
失乐园里的焰火在寒冷地燃烧

还有一种谜之甜蜜，每次他睁开眼睛，
都流出桃肉和桃仁分离时分泌的
液体

那是温柔的歉疚，以前从未有过的
一种小于生活的快乐

蚊子

用小剑挑染你的沉默
用你鄙视的无病呻吟
拉近距离

她跳一支祈欢舞蹈
用女性特有的，病态的
耐心

你满眼春天，她弄一点色真不易
只好来一盘断肠
在你手掌用力之处。

葬花

你曾是活性的
无来由的生命力
在滂沱的前浪前面飞
在激越的后浪后面飞

一路的栎树林都被你的花瓣点燃
像古老的病毒螺旋着变异
新生的悔恨上升着炸裂

可是今夜，我要你睡去
雪夜已经铺好，大海的表面
正在鼓起一个巨洞，我要你选择
某个早晨，穿过你的曲径
回到你的花房里睡去

还有什么没有被言说填满
你就去往那里，关于你，已开始分岔
故人一边把罪戴在头上

一边将黑的阙歌擎起

从南到北的我已经解散，

恨遁逃无形，救赎已经超卖

你何不躬身而退

让我享受这再生，小死

花式地降落在我的枕上

她什么花都不想种

花的完整让人无法呼吸
层叠的断面无缝而流畅
像无数破镜重圆充满生气
怒放，中文里说

也许，当荒野有了新的母语
她会种一朵无名的野花，种植
也许会在小面积复苏
这迹象会写入宗族的基因
突变的历史

忍

整个森林是一棵树
没有眼睛可以看到边际
没有鸟可以飞过绿色的墙

可一朵花不想投喂
她想要挥霍得更快
她忍着不香，忍着拈花的人不来
忍着爱情，忍着阳光催熟
亲自掉落

冰川纪

伤心睡了 9 个小时的女孩
带着一朵冰走在街上
带着它在高原和深海里的模样

周遭目光反噬着冰的热能
女孩浑然不觉，当她
穿过一片大雨的时候，悲伤的云朵
恰好替她遮挡了一下

卵石

那些卵石像不会飞的
渡渡鸟，终将灭绝的物种
它们可以奔跑、游泳，可以
击落整个森林的红色羽毛
他们只是不会飞而已

没有好意的期许，也无需克服崔嵬的山林
在碧落的催促之下，它们和我一起
滚落了下来，从时代的体内

虽然一定有开始
但我不记得那是哪里， 世界的角落抬高了
那个你一直都击不中的地方
纯棉一样柔软

中毒

一对情侣在夹竹桃丛中亲吻

绿藻的池塘

鱼声唼喋

母亲的乳腺癌

在切除左侧乳房之后
她一直在左侧上衣口袋
放一枚花生，这样才不会栽跟头
必须是小粒红花生
红豆太轻，大豆太重

醉酒也可保持平衡
她偶尔外出小酌
花生下落不明